Minutka

The Bilingual Dog

米努卡：双语小狗

Anna Mycek-Wodecki

English–Chinese

For my bilingual genius, Minutka! AM-W

Milet Publishing, LLC
333 North Michigan Avenue
Suite 530
Chicago, IL 60601
Email info@milet.com
Website www.milet.com

First published by Milet Publishing, LLC in 2008

Chinese and Pinyin translation by Y. Karen Sheng

ISBN 978 1 84059 507 9

Printed in China

Minutka

I am a bilingual doggy,
fluent in Chinese and in English.

我是一只会讲两种语言的小狗。
我会讲流利的中文和英文。

Wǒ shì yì zhī huì jiǎng liǎng zhǒng yǔ yán de xiǎo gǒu。
Wǒ huì jiǎng liú lì de zhōng wén hé yīng wén。

This is me. I looked like a tiny bean when my
new bilingual family adopted me.

这就是我。收养我的家庭会讲两种语言。
他们刚收养我的时候，我的个子很小很小，像颗小豆子。

Zhè jiù shì wǒ。Shōu yǎng wǒ de jiā tíng huì jiǎng liǎng
zhǒng yǔ yán。Tā men gāng shōu yǎng wǒ de shí hou,
wǒ de gè zi hěn xiǎo hěn xiǎo, xiàng kē xiǎo dòu zi。

I am small and super fast, and they named me Minutka!

我个子很小，跑得却很快。他们叫我米努卡。

Wǒ gè zi hěn xiǎo, pǎo dé què hěn kuài。
Tā men jiào wǒ mǐ nǔ kǎ。

As I grew more and more, I started to . . .

我慢慢的长大。我开始 . . .

Wǒ màn màn de zhǎng dà。Wǒ kāi shǐ . . .

. . . listen.

. . . 听我的家人讲话。

. . . tīng wǒ de jiā rén jiǎng huà。

When they speak to me in Chinese and in English,
my ears get bigger and bigger.

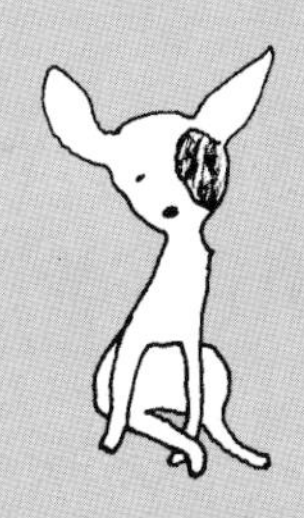

他们对我讲中文和英文。
我伸直了耳朵听。

Tā men duì wǒ jiǎng zhōng wén hé yīng wén。
Wǒ shēn zhí le ěr duo tīng。

I turn my head when they call my name.

他们一叫我的名字，我就回一下头。

Tā men yí jiào wǒ de míng zi, wǒ jiù huí yí xià tou。

When they say,
“We love you so very much!” I smile.

他们说，“我们太爱你了！”我高兴的笑起来。

Tā men shuō, “Wǒ men tài ài nǐ le!”
Wǒ gāo xìng de xiào qǐ lái。

Oh, how much I like to give kisses.

哦，我太喜欢亲吻身边的每一个人了。

Ò, wǒ tài xǐ huan qīn wěn shēn biān de měi yí gè rén le。

I even know how to shake paw.

我还懂得摇晃我的小爪子。

Wǒ hái dǒng dé yáo huàng wǒ de xiǎo zhuǎ zi。

When I do a trick, my family gives me a treat.

我表演了一个小把戏。我的家人奖励我一顿美餐。

Wǒ biáo yǎn le yí gè xiǎo bǎ xì。
Wǒ de jiā rén jiǎng lì wǒ yí dùn měi cān。

What’s that? A tail? Is it mine?

那是什么呀？尾巴？是我的吗？

Nà shì shén me ya? Wěi ba? Shì wǒ de ma?

Do I have a mohawk on my back?

我留着很酷的朋克发型?

Wǒ liú zhe hěn kù de péng kè fā xíng?

Who cares, let's play ball!

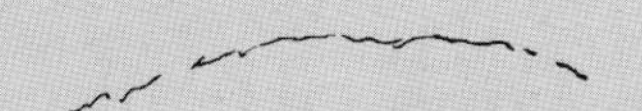

我才不在乎呢。我们还是踢球吧！

Wǒ cái bú zài hu ne。Wǒ men hái shì tī qiú ba！

Or drink from the sprinkler.

或者痛快的喝一场。

Huò zhě tòng kuài de hē yì chǎng。

Wait for me! I want to fly too!

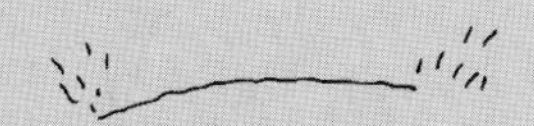

等等我！我也要飞！

Děng děng wǒ! Wǒ yě yào fēi!

Now, I will show you how to dig.

看，我还会挖洞哦。

Kàn, wǒ hái huì wā dòng ò。

I can run in circles too!

我还会绕圈圈。

Wǒ hái huì rào quān quān。

Oh boy! Yesterday I swam for the first time
in our little pond.

嘿！我昨天第一次在小池塘里游泳。

Hēi! Wǒ zuó tiān dì yí cì zài xiǎo chí táng lǐ yóu yǒng。

Chase me, I snatched your sock and undies!

来追我吧。我叼走了你的袜子和内衣。

Lái zhuī wǒ ba。Wǒ diāo zǒu le nǐ de wà zi hé nèi yī。

Look at me! I’m a ballerina.

看呀！我还会跳芭蕾舞。

Kàn ya! Wǒ hái huì tiào bā lěi wǔ。

And a yoga master.

我还是个瑜珈大师。

Wǒ hái shì gè yú jiā dà shī。

I really don't like walking on a leash.

我真的不喜欢被牵着走路。

Wǒ zhēn de bù xǐ huan bèi qiān zhe zǒu lù。

But I like leaving presents!

但我喜欢到处留个小纪念：米努卡到此一游！

Dàn wǒ xǐ huan dào chù liú gè xiǎo jì niàn:
mǐ nú kǎ dào cǐ yì yóu!

I even know how to water the grass.

我还懂得给草坪浇水。

Wǒ hái dǒng dé gěi cǎo píng jiāo shuǐ。

I am Minutka. Who are you?

我是米努卡。你是谁?

Wǒ shì mǐ nú kǎ。Nǐ shì shuí?

This is my friend, Jimmy the Cat. He is very big.

这是我的猫咪朋友，吉米。他是个大块头。

Zhè shì wǒ de māo mī péng you, jí mǐ。
Tā shì gè dà kuài tóu。

And this is Frog. We like jumping together.

这是青蛙。我们喜欢一起蹦来蹦去。

Zhè shì qīng wā。
Wǒ men xǐ huan yì qǐ bèng lái bèng qù。

Who are you?

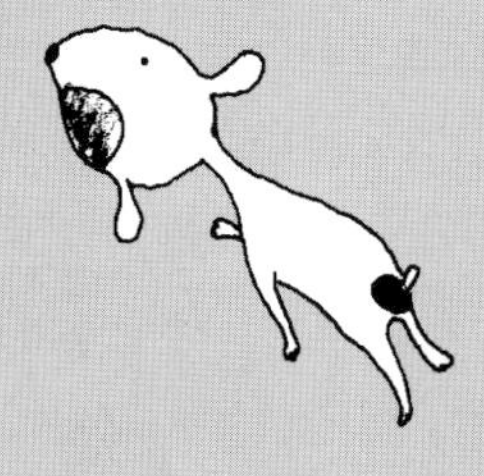

你是谁呀?

Nǐ shì shuí ya?

Hello, Turtle. Do you speak Chinese too?

你好，乌龟。你也讲中文吗?

Nǐ hǎo, wū guī。Nǐ yě jiǎng zhōng wén ma?

Come on, play with me!

来和我玩吧！

Lái hé wǒ wán ba！

Now it's night, and the moon looks like a big banana.

到晚上了。月亮看起来像个大大的香蕉。

Dào wǎn shang le。
Yuè liang kàn qǐ lái xiàng gè dà dà de xiāng jiāo。

Shhh! Sleeping Beauty!

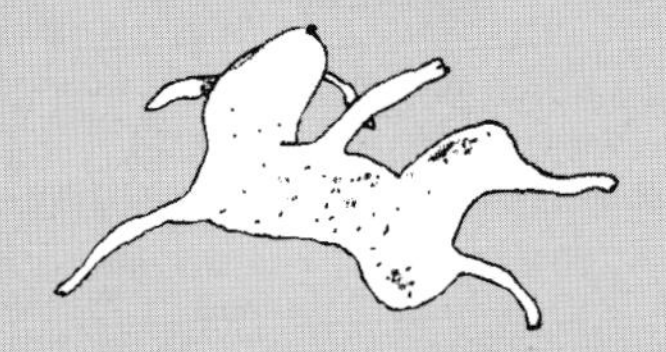

嘘！我睡觉的时候像个睡美人吧！

Xū! Wǒ shuì jiào de shí hou xiàng gè shuì měi rén ba!

I dream in Chinese and in English.

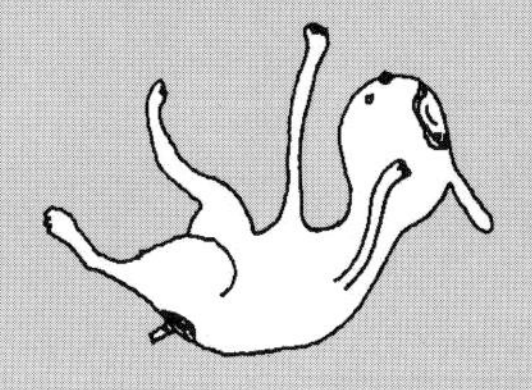

我在梦里也讲中文和英语两种语言。

Wǒ zài mèng lǐ yě jiǎng zhōng wén
hé yīng yǔ liǎng zhǒng yǔ yán。

Sometimes, I stretch in my dreams . . .

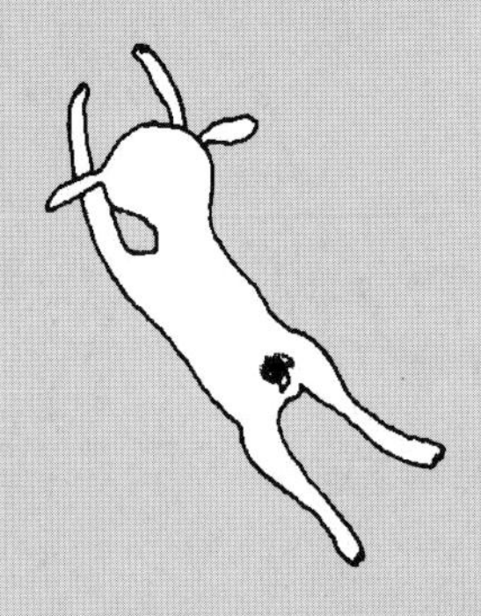

在梦里，有时候我做体操 . . .

Zài mèng lǐ, yǒu shí hou wǒ zuò tǐ cāo . . .

. . . or I run very fast.

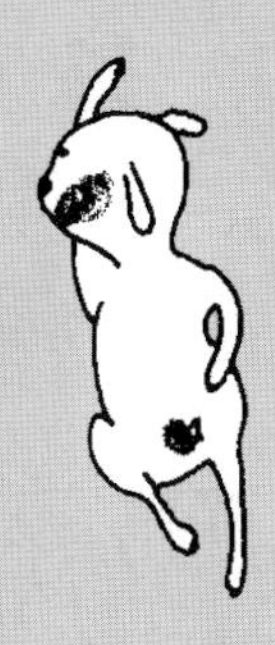

. . . 有时候我飞快的跑呀跑呀。

. . . yǒu shí hou wǒ fēi kuài de pǎo ya pǎo ya。

"Minutka, please stop snoring!"

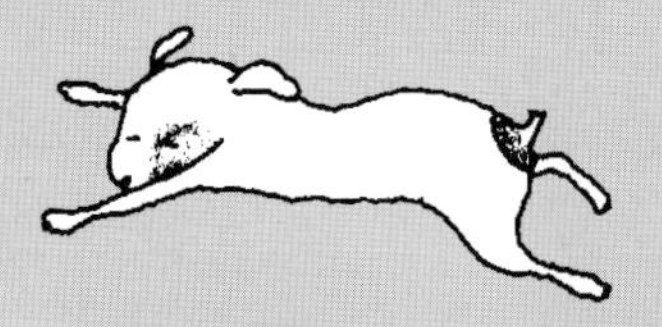

“米努卡，别打呼噜了！”

"Mǐ nú kǎ，bié dǎ hū lū le!"

Now, I am rested and ready to start another day . . .

我美美的睡了一觉。新的一天开始啦 . . .

Wǒ měi měi de shuì le yí jiào。Xīn de yì tiān kāi shǐ lā . . .

. . . in my two languages.

. . . 我还是要讲我的两种语言。

. . . wǒ hái shì yào jiǎng wǒ de liǎng zhǒng yǔ yán。